SSSCCCCCHHHHHH...
WIR LANDEN!
SCHATTEN
HIRSCHKÄFER-KRAFT!!!
ICH VERWANDLE MICH UND DANN ZERBEISS ICH DICH IN ZWEI HÄLFTEN!
JETZT HABE ICH DICH, INSEKTENMAID. ERGIB DICH, DU UNGEZIEFER!
NIEMALS!

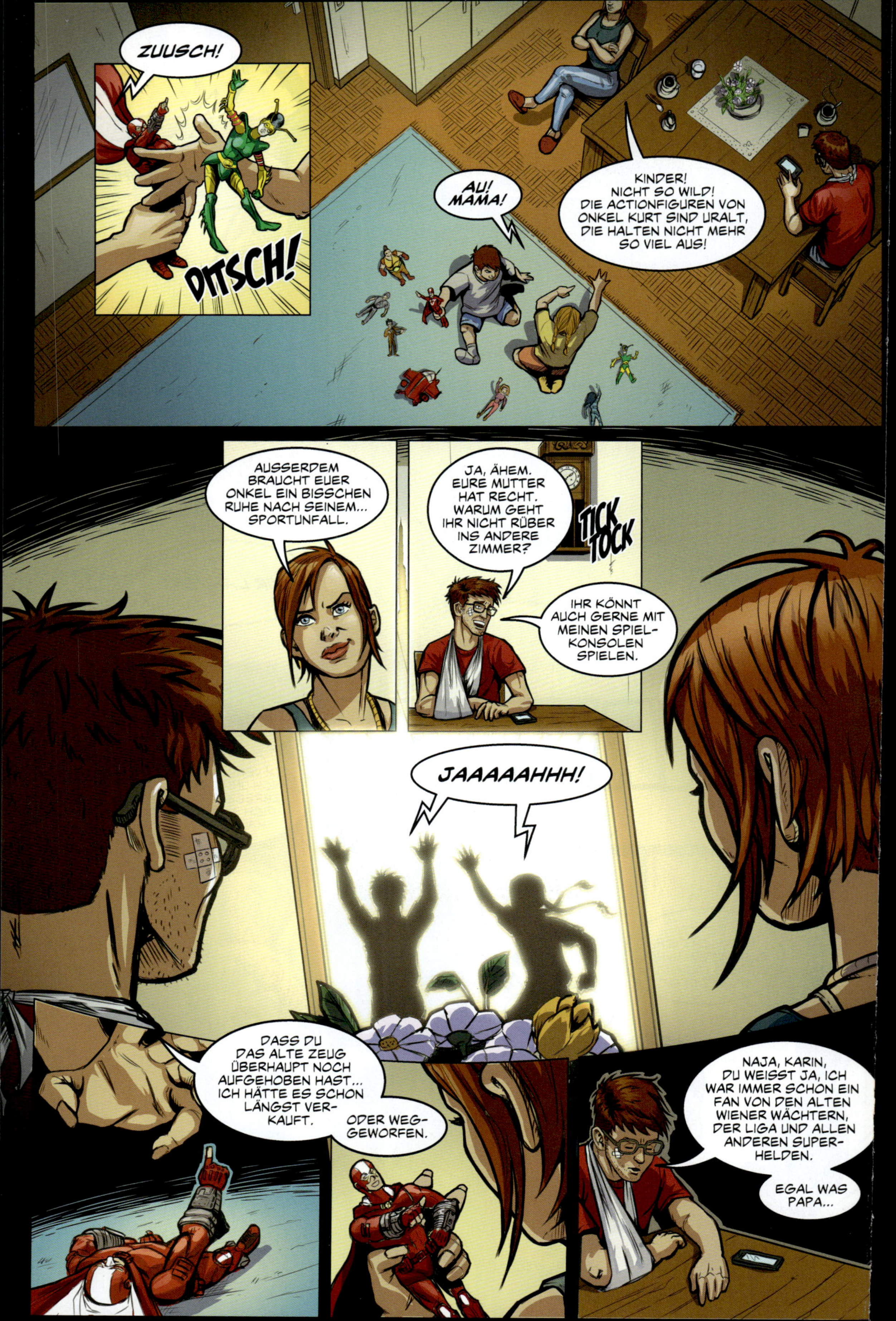
ZUUSCH!
DITSCH!
AU! MAMA!
KINDER! NICHT SO WILD! DIE ACTIONFIGUREN VON ONKEL KURT SIND URALT, DIE HALTEN NICHT MEHR SO VIEL AUS!
AUSSERDEM BRAUCHT EUER ONKEL EIN BISSCHEN RUHE NACH SEINEM... SPORTUNFALL.
JA, ÄHEM. EURE MUTTER HAT RECHT. WARUM GEHT IHR NICHT RÜBER INS ANDERE ZIMMER?
TICK TOCK
IHR KÖNNT AUCH GERNE MIT MEINEN SPIEL-KONSOLEN SPIELEN.
JAAAAAHHH!
DASS DU DAS ALTE ZEUG ÜBERHAUPT NOCH AUFGEHOBEN HAST... ICH HÄTTE ES SCHON LÄNGST VER-KAUFT.
ODER WEG-GEWORFEN.
NAJA, KARIN, DU WEISST JA, ICH WAR IMMER SCHON EIN FAN VON DEN ALTEN WIENER WÄCHTERN, DER LIGA UND ALLEN ANDEREN SUPER-HELDEN.
EGAL WAS PAPA...

ICH HABE KEINE LUST ÜBER ALFRED ZU REDEN.
FUFFFF!
KURT, ICH MACH' MIR WIRKLICH SORGEN UM DICH.
SEIT DU ANGEFANGEN HAST, DEN HELDEN ZU SPIELEN, GERÄTST DU IN EINE GEFÄHRLICHE SITUATION NACH DER ANDEREN!
UND JETZT IN UNGARN*... SCHAU DICH AN, DAS HÄTTE ECHT SCHIEF GEHEN KÖNNEN!
* SIEHE ASH#8
OB DU'S MIR GLAUBST ODER NICHT, ICH HAB MIR DAS SO NICHT AUSGESUCHT.
JA, NATÜRLICH WOLLTE ICH MEINE KRÄFTE IMMER EINSETZEN - UND HAB' MICH VON ANNA TRAINIEREN LASSEN.*
AUCH DIE ZEIT DER KLEINEN NACHTPATROUILLEN... KLAR, ES IST ECHT SUPER, SUPERHELD ZU SPIELEN.
* SIEHE ASH#5
ABER SEIT DEM BASILISKEN IST DAS ALLES ANDERS! ER MUSSTE AUFGEHALTEN WERDEN!
ES WAR EINFACH NOTWENDIG, EIN TEAM ZUSAMMEN-ZUSTELLEN UND DIE ALTEN SOCRATES-STATIONEN ZU REAKTIVIEREN.
UND SOLANGE WIR NICHT HERAUS-GEFUNDEN HABEN, WER DEN BASILISKEN, ALSO EIGENTLICH DEN BRUDER VON ANNA, GESTEUERT - MISSBRAUCHT! - HAT, KÖNNEN WIR NICHT AUFHÖREN.
JA, ES IST GEFÄHRLICH, UND JA, ICH GEBE ZU, ES MACHT OFT WIRKLICH SPASS... ABER IN ERSTER LINIE TUE ICH DERZEIT EINFACH...
... WAS ICH TUN MUSS.

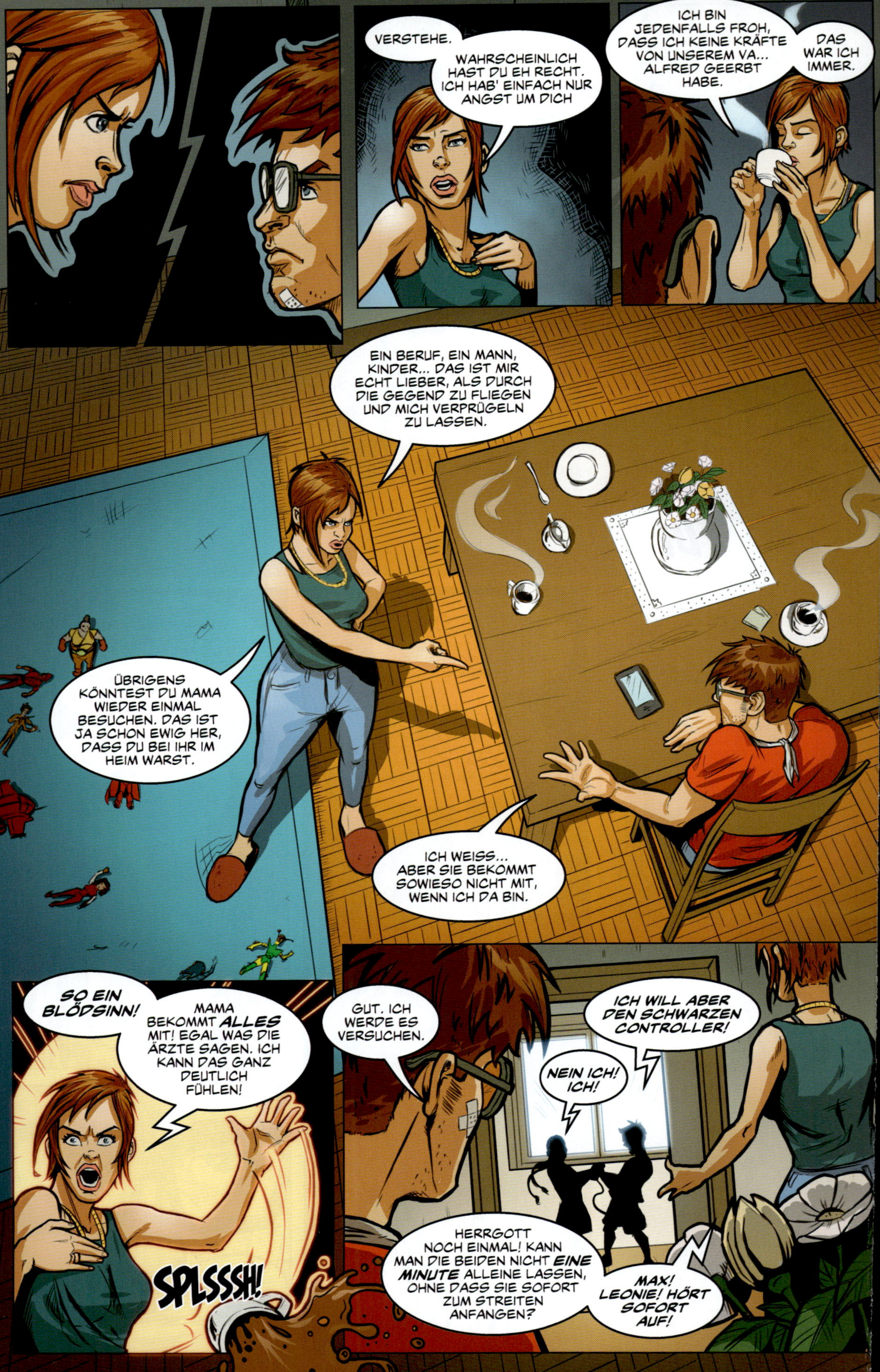
VERSTEHE.
WAHRSCHEINLICH HAST DU EH RECHT. ICH HAB' EINFACH NUR ANGST UM DICH
ICH BIN JEDENFALLS FROH, DASS ICH KEINE KRÄFTE VON UNSEREM VA... ALFRED GEERBT HABE.
DAS WAR ICH IMMER.
EIN BERUF, EIN MANN, KINDER... DAS IST MIR ECHT LIEBER, ALS DURCH DIE GEGEND ZU FLIEGEN UND MICH VERPRÜGELN ZU LASSEN.
ÜBRIGENS KÖNNTEST DU MAMA WIEDER EINMAL BESUCHEN. DAS IST JA SCHON EWIG HER, DASS DU BEI IHR IM HEIM WARST.
ICH WEISS... ABER SIE BEKOMMT SOWIESO NICHT MIT, WENN ICH DA BIN.
SO EIN BLÖDSINN!
MAMA BEKOMMT ALLES MIT! EGAL WAS DIE ÄRZTE SAGEN. ICH KANN DAS GANZ DEUTLICH FÜHLEN!
SPLSSSH!
GUT. ICH WERDE ES VERSUCHEN.
ICH WILL ABER DEN SCHWARZEN CONTROLLER!
NEIN ICH! ICH!
HERRGOTT NOCH EINMAL! KANN MAN DIE BEIDEN NICHT EINE MINUTE ALLEINE LASSEN, OHNE DASS SIE SOFORT ZUM STREITEN ANFANGEN?
MAX! LEONIE! HÖRT SOFORT AUF!

IM ZENTRALEN HAUPTQUARTIER DER SESAM.
...SO VIEL ZUM „BASILISKEN".
JETZT ZU EINEM ANDEREN UNSERER LIEBEN GÄSTE.
GIBT'S NOCH WO AN KAFFEE?
INSPEKTOR TIEFENTHALER, DR. BACHNER, WIE GEHT'S DEM HOCH-GESCHÄTZTEN „DOKTOR PHOBOS"?
* SIEHE ASH#2
NICHTS NEUES, CHEFINSPEKTORIN MAREK.
SEINE IDENTITÄT KONNTEN WIR JA RECHT RASCH ANHAND DER FINGER-ABDRÜCKE KLÄREN: EDUARD GRUBER, MEHRFACH VORBE-STRAFT FÜR DIEBSTÄHLE UND KLEINERE BETRÜGEREIEN. ALLE OHNE AUSÜBUNG VON GEWALT GEGEN PERSONEN.
SEIT SEINER VERHAFTUNG SCHWEIGT ER. ER HAT BIS JETZT TATSÄCHLICH KEIN EINZIGES WORT GESPROCHEN UND...
...WAS AUS MEDIZINISCHER SICHT VOLLKOMMEN LOGISCH IST. WENN SIE ERLAUBEN, INSPEKTOR?
NACH UNSEREN ERKENNTNISSEN IST EDUARD GRUBER AUF PSYCHISCHER EBENE EINE ART SYMBIOSE MIT DEM SPAZIERSTOCK, SEINER WAFFE, EINGEGANGEN.
AUF WELCHE WEISE DER STOCK DIE PSYCHISCHEN ENERGIEN, ALSO DIE STÖRUNGEN DER PATIENTEN VON SIGMUND FREUD* IN SICH AUFGESOGEN HAT, IST NOCH UNBEKANNT UND GEGENSTAND AKTUELLER UNTERSUCHUNGEN.
EBENSO, WIE ES ZU DIESER VERBINDUNG MIT SEINEM... WIRT GE-KOMMEN IST.
JEDENFALLS IST DER GEFANGENE OHNE DEN STOCK VÖLLIG HILFLOS. ER BESITZT KEINERLEI KRÄFTE.
WIR VERMUTEN WEITER, DASS DIE TRENNUNG BEI IHM ZU EINER ART EMOTIONALEM SCHOCK GEFÜHRT HAT UND ER DESHALB NICHT ANSPRECH-BAR IST.
ALLERDINGS IST AUCH DER STOCK OHNE SEINEN SYMBIONTEN NICHTS WEITER ALS, NUN, EIN ANTIKER GEHSTOCK.
WENN ER NOCH MACHT BESÄSSE, HÄTTE ICH IHN AUCH NICHT EINFACH SO MITGEBRACHT. HAHA.
* SIEHE ASH#2

MEINE PROFESSIONELLE EMPFEHLUNG: PATIENT UND STOCK VONEINANDER GETRENNT HALTEN. VORSICHTIGE PSYCHOTHERAPEUTISCHE INTERVENTION BEI EDUARD GRUBER. WEITERE PHYSIKALISCHE UND METAPHYSIKALISCHE UNTERSUCHUNG DES STOCKS.
TAKK!
GUT.
WENN DAS ALLES IST, IST DIESE SITZUNG BEENDET.
KOMMEN SIE GLEICH MIT, TIEFENTHALER. WIR HABEN NOCH EINE NACHBESPRECHUNG ÜBER DIE VORFÄLLE IN UNGARN.
WAS MIR UNSERE „FREUNDE" IN DEN COSPLAY-KOSTÜMEN DARÜBER BERICHTET HABEN, DIENT AUCH NICHT GERADE DAZU, MEINE STIMMUNG ZU VERBESSERN.
JAWOLL, FRAU CHEFINSPEKTORIN.
SANDRA! BRINGEN SIE DEN STOCK WIEDER ZURÜCK INS DEPOT.
ABER VORSICHT! ES HANDELT SICH NACH WIE VOR UM EIN BEWEISSTÜCK.
MACH ICH, FRAU DOKTOR.
BLINK

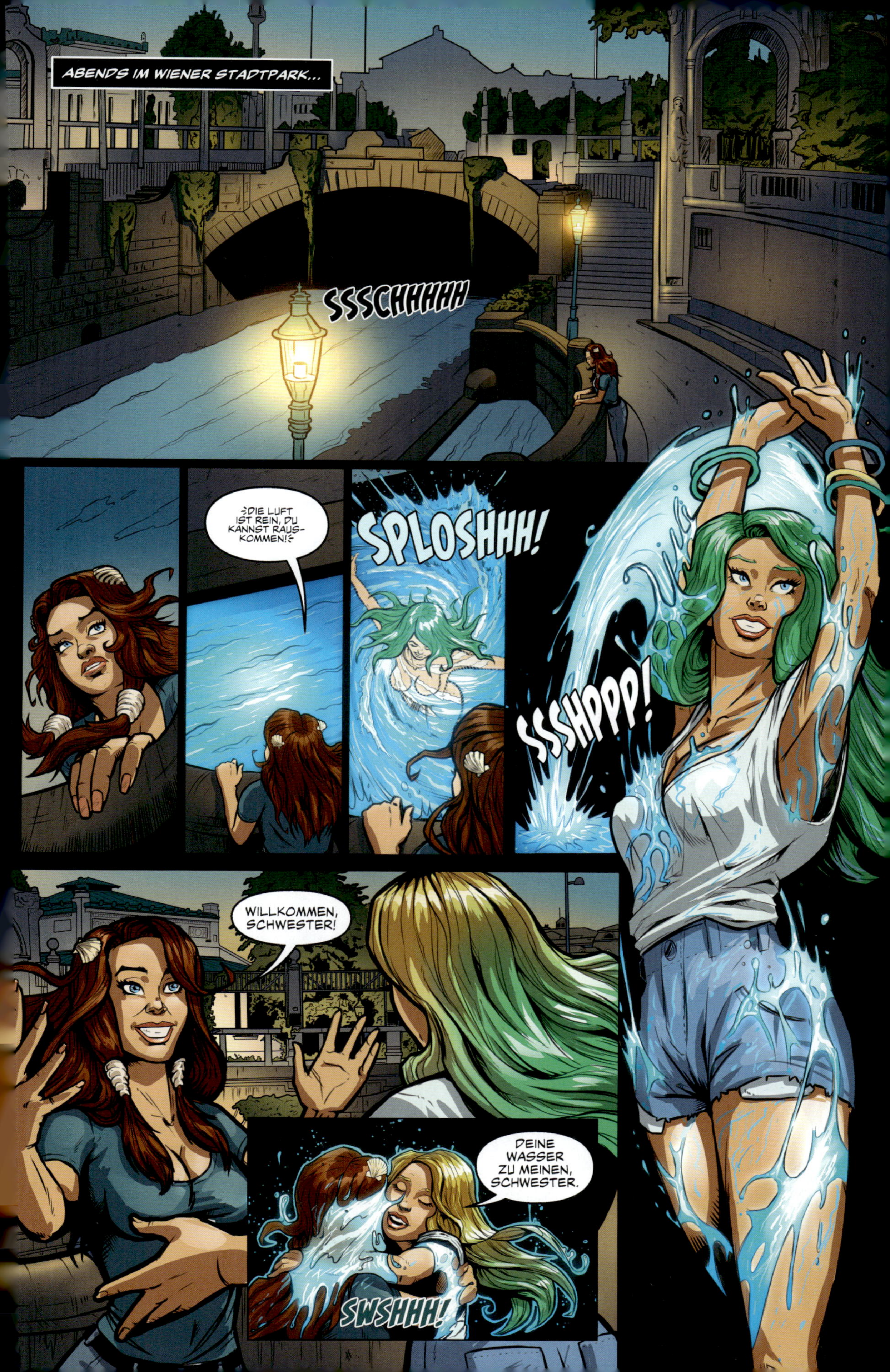
ABENDS IM WIENER STADTPARK...
SSSCHHHHH
DIE LUFT IST REIN, DU KANNST RAUS-KOMMEN!
SPLOSHHH!
SSSHPPP!
WILLKOMMEN, SCHWESTER!
DEINE WASSER ZU MEINEN, SCHWESTER.
SWSHHH!

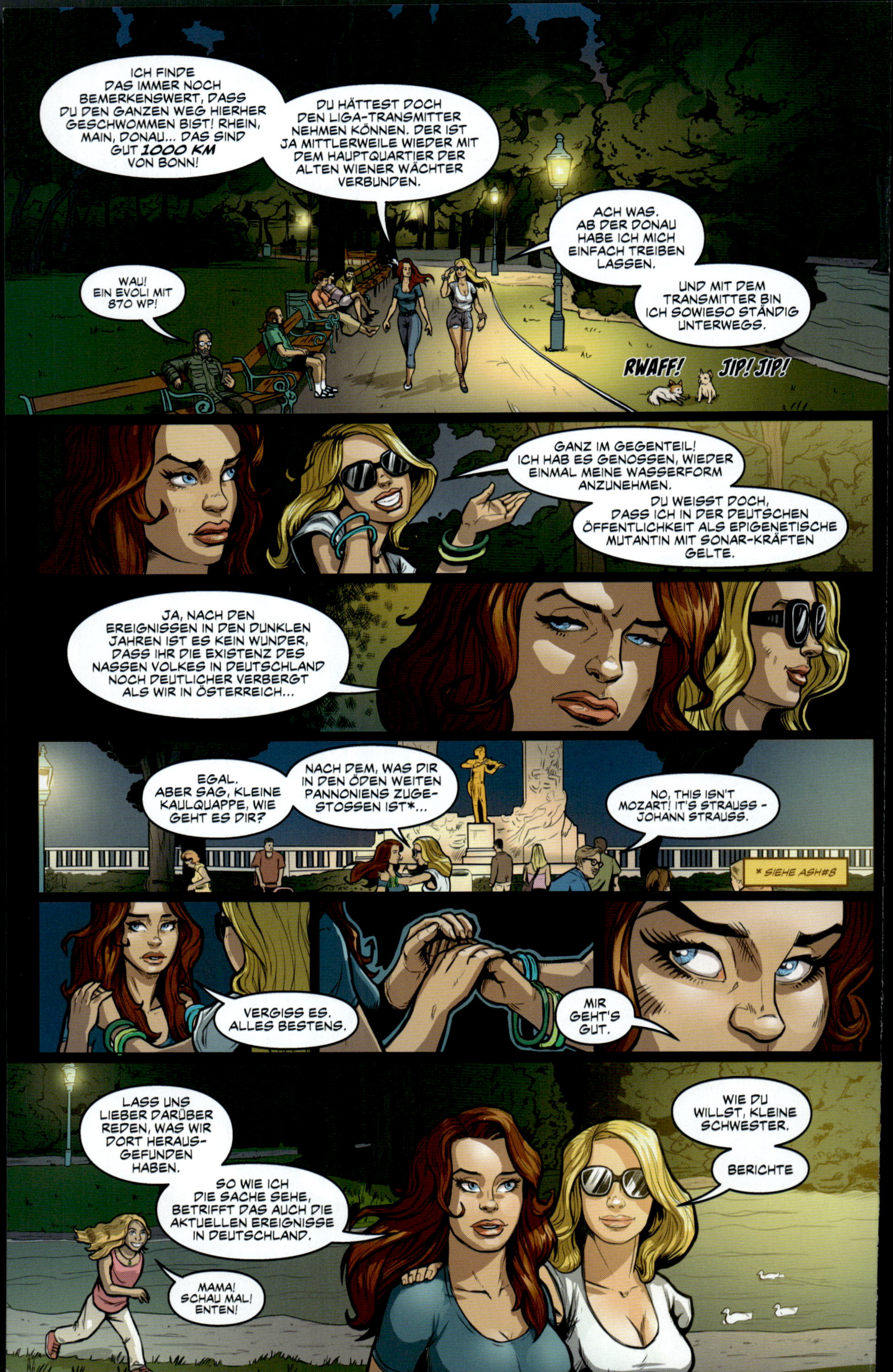
ICH FINDE DAS IMMER NOCH BEMERKENSWERT, DASS DU DEN GANZEN WEG HIERHER GESCHWOMMEN BIST! RHEIN, MAIN, DONAU... DAS SIND GUT 1000 KM VON BONN!
DU HÄTTEST DOCH DEN LIGA-TRANSMITTER NEHMEN KÖNNEN. DER IST JA MITTLERWEILE WIEDER MIT DEM HAUPTQUARTIER DER ALTEN WIENER WÄCHTER VERBUNDEN.
ACH WAS. AB DER DONAU HABE ICH MICH EINFACH TREIBEN LASSEN.
UND MIT DEM TRANSMITTER BIN ICH SOWIESO STÄNDIG UNTERWEGS.
WAU! EIN EVOLI MIT 870 WP!
RWAFF!
JIP! JIP!
GANZ IM GEGENTEIL! ICH HAB ES GENOSSEN, WIEDER EINMAL MEINE WASSERFORM ANZUNEHMEN.
DU WEISST DOCH, DASS ICH IN DER DEUTSCHEN ÖFFENTLICHKEIT ALS EPIGENETISCHE MUTANTIN MIT SONAR-KRÄFTEN GELTE.
JA, NACH DEN EREIGNISSEN IN DEN DUNKLEN JAHREN IST ES KEIN WUNDER, DASS IHR DIE EXISTENZ DES NASSEN VOLKES IN DEUTSCHLAND NOCH DEUTLICHER VERBERGT ALS WIR IN ÖSTERREICH...
EGAL. ABER SAG, KLEINE KAULQUAPPE, WIE GEHT ES DIR?
NACH DEM, WAS DIR IN DEN ÖDEN WEITEN PANNONIENS ZUGESTOSSEN IST*...
NO, THIS ISN'T MOZART! IT'S STRAUSS - JOHANN STRAUSS.
* SIEHE ASH#8
VERGISS ES. ALLES BESTENS.
MIR GEHT'S GUT.
LASS UNS LIEBER DARÜBER REDEN, WAS WIR DORT HERAUSGEFUNDEN HABEN.
SO WIE ICH DIE SACHE SEHE, BETRIFFT DAS AUCH DIE AKTUELLEN EREIGNISSE IN DEUTSCHLAND.
WIE DU WILLST, KLEINE SCHWESTER.
BERICHTE
MAMA! SCHAU MAL! ENTEN!

INZWISCHEN, NICHT WEIT ENTFERNT UNTER DEM KARLSPLATZ...
UND WIEDER EINMAL ZURÜCK IN DER KANALISATION... DAS WECKT ERINNERUNGEN. AN GANZ FRÜHER.*
BOAH... WIE DAS STINKT!
FWSSSHHH!
EGAL, DAS PROJEKT „AUFFINDEN" VON DEM-DIE-DAS WZKD HAT BEI MIR ABSOLUTE TOP-PRIORITÄT! VOR ALLEM SEITDEM ICH UNSEREN GEHEIMNISVOLLEN INFORMANTEN ZULETZT BEIM SCHWEDEN-PLATZ FAST ERWISCHT HÄTTE!**
* SIEHE BACKSTORY ASH#1 ** SIEHE ASH#8
NAJA, FAST IST RELATIV.
ABER SOLANGE SICH DIE ANDEREN VON IHREM HORRORTRIP NACH UNGARN ERHOLEN, KANN ICH NICHT VIEL ANDERES TUN, ALS DIE FÄHRTE WEITER-ZUVERFOLGEN.
DIE SPUR IST ZWAR SCHWACH, ABER NOCH VERFOLGBAR!
WENN'S HIER NUR NICHT SO STINKEN WÜRDE!
HE! DO WOR DOCH WOS?!
WOOOSH!

BIST DU DES, „WHISKEY"?
HE?!
SHHH!
FRRR-FRRR-FRRR!
„WHISKEY"?
SWSHHH!
ZEIG DI ENDLICH, HIMMELFIX-NOAMAL!
ICH HABE KEINE AHNUNG, WER ODER WAS „WHISKEY" SEIN SOLL...
ODER WAS DU HIER UNTEN ÜBERHAUPT SUCHST, LADY HEUMARKT...
...ABER GEFUNDEN HAST DU...

...DEIMONIA!
DEI-WOS?!
WAS BIST DU 'LEICHT FÜR ANE?
OBWOHL, MIT DEI'M OUTFIT PASST' AUF JEDEN FALL IN DIE KANALISATION!
SEHR WITZIG. UND DAS VON EINER ÖLTONNE IM SUMO-GEWAND.
OBWOHL MIR DIE VERBINDUNG ZUR UNTERWELT DURCHAUS GEFÄLLT...
DEIMOS, GRIECHISCH FÜR „SCHRECKEN", MEINE LIEBE UNTER-BELICHTETE FREUNDIN, IST DER ZWEITE BE-GLEITER DES KRIEGS-GOTTES ARES. DER ANDERE, NENNT SICH „ANGST", ODER GRIECHISCH PHOBOS...
MOMENT EINMAL! DER STOCK! DAS IST DOCH!
IN DIESEM SINNE, LIEBE GRÜSSE VOM GUTEN ALTEN DOKTOR.
ER IST LEIDER NICHT MEHR DERSELBE, SEITDEM DU IHN VON SEINEM SPAZIERSTOCK GETRENNT HAST.
ZRRRSHHH!!!

MAN KÖNNTE AUCH SAGEN, DOKTOR PHOBOS VERMISST SEINEN GEHSTOCK SEHR.
ABER DER STOCK, DER IST RICHTIG BÖSE AUF DICH!
... ER HAT NUR AUF DIE RICHTIGE GELEGENHEIT UND DIE RICHTIGE PERSON GE-WARTET, UM SICH AN DIR RÄCHEN ZU KÖNNEN...
BRZZZZZ!
... ICH DAGEGEN WAR, NUN, SAGEN WIR, ICH WAR MIT MEINER GESAMTSITUATION UNZUFRIEDEN UND VERFÜGBAR...
... DANN NOCH EIN WENIG TRAINING MIT DEM SPAZIERSTOCK, DIE VERKÄUFERINNEN IN DEN INNENSTADT-BOUTIQUEN WAREN WIRKLICH SEHR KOOPERATIV...
... DAS ÜBERLEGEN EINES PASSENDEN NAMENS, KURZ HABE ICH MIT „PSYCHO-ANNELIESE" GESPIELT, DIE IDEE ABER GLEICH WIEDER VERWORFEN...
... UND EIN WENIG SUCHE NACH DEINER - SEHR SPEZIELLEN - AUSSTRAHLUNG.

ARRGH!!!
ZRRRSHHH!!!...
... AUSSERDEM, SO EIN WENIG RACHE, NUN, SAGEN WIR,...
...DER GEDANKE WAR AUCH MIR NICHT GANZ FREMD...
... VOILÀ! DA WÄREN WIR AUCH SCHON!...
... UND JETZT, LADY HEUMARKT, JETZT WIRST DU LEIDEN.
HNGHHH!
NEIN! NICHT, SCHWESTER ADULPHA! NICHT PETER! NEEEIIIIN...

WIEN, FLORIDSDORF...
EINEN MOMENT NOCH, HERR ADEBOWALE, DER HERR MAGISTER HAT SOFORT ZEIT FÜR SIE.
DANKE, FRAU BIERINGER.
2017
DAS IST ALLES KEIN SPIEL MEHR.
AM ANFANG WAR ES... SPANNEND. DIE STIMMEN. DIE KRÄFTE. DER KAMPF GEGEN ÜBELTÄTER.
ABER JETZT. ES KOSTET KRAFT. IMMER MEHR KRAFT.
UND UNGARN. ECHTE GEFAHR. TODESGEFAHR.
ES WIRD BEDROHLICH. NICHT NUR FÜR DIE ARBEIT. DIE KANZLEI. AUCH FÜR LEIB UND. LEBEN.
AUSSERDEM. ES WIRD STÄRKER. ODER?
BEHERRSCHUNG DER KRÄFTE – ODER BEHERRSCHUNG DURCH DIE KRÄFTE. IST DIE FRAGE. IST DIE FRAGE.
KRIIIEK!
ÄHEM...
2017
GUTEN TAG. HERR ADEBOWALE. SETZEN SIE SICH. BITTE.
GRÜSS GOTT, HERR MAGISTER, DANKE.
ALSO, ES HANDELT SICH UM FOLGENDES...
2017

IEP-BIEP-BIEP-BIEP-BIEP-BIEP-BIEP
HALLO... MAMA
SCHWESTER MARIJA! ZIMMER 37 BITTE!
SOLL ICH?
TSHILP?
KARIN HAT GESAGT, ICH SOLLTE VIELLEICHT WIEDER EINMAL...
ICH WAR JETZT GERADE IN UNGARN.
MIT DIANA, ALSO, DU WEISST, UNDINA UND...
TUT MIR LEID, MAMA! ICH KANN DAS EINFACH NICHT!
DING!
P-BIEP-BIEP-BIEP-BIEP-BIEP!

SCHAU SICH
AS EINMAL AN!
CHTIGE LADY
MARKT...
EINE DER STÄRKSTEN ALLER WIENER WÄCHTER, GEGENWÄRTIG WIE VERGANGEN...
JA, SOGAR NAHEZU UNVERWUNDBAR, SO SAGT MAN!
HNGHHH!
UND SIE WINDET SICH VOR MIR IM STAUB! ODER BESSER GESAGT IM DRECK DER KANALISATION!
ZRSCHHH!
NEIN, LASST IHN DOCH IN RUHE! ER HAT EUCH DOCH NICHTS GETAN! ER IST DOCH NOCH SO KLEIN! PETER!
INTERESSANT... DER GEHSTOCK ÜBERTRÄGT MIR TEILE DEINER GEFÜHLE, DEINER INNEREN BILDER...
ARGHHH!
SO, ABER GENUG VON MIR. WAS MACHEN WIR JETZT MIT DIR?
LASSEN WIR DICH DEINE INNEREN KÄMPFE WEITER AUSFECHTEN, IMMER, UND IMMER WIEDER? BIST DU DICH DARIN VERLIERST UND NICHT MEHR HERAUSFINDEST?
FRRRZZZZZ!
DIIIINAAAAAAA!!!
NEIN! UNDINA! NEIN!
HAHAHA... SELBSTANALYSE EINER BAKKALAUREA DER PSYCHOLOGIE! WAR DAS STUDIUM DOCH FÜR IRGENDETWAS NUTZE!
LASS UNDINA IN RUHE, DU MONSTER! NEIN! DU TUST IHR WEH!
ZSCHHH!!!

OH, WOW! ANDERE LEUTE HABEN JA VIELLEICHT DEN EINEN ODER ANDEREN INNEREN DÄMON – ABER DU HAST GLEICH EINE GANZE HORDE!
ICH HATTE JA VOR, DICH IN DEINE PERSÖNLICHE HÖLLE ZU SCHICKEN… ABER JETZT WEISS ICH GAR NICHT, WELCHE DAVON NEHMEN!
HAHAHA!
ALFRED! WAS SOLL DAS? DAS KANNST DU DOCH NICHT MACHEN! DU BIST DOCH CAPTAIN AUSTRIA!
ODER SOLL ICH DICH EINFACH DAZU BRINGEN, DICH ZU ERSÄUFEN? EINE SCHWERE WAHL…
DER GRÖSSTE HELD ÖSTERREICHS! EIN VORBILD FÜR TAUSENDE! ALFRED… NEEEEEIN!
ABER WIR KÖNNTEN DICH DIE BRÜHE AUF JEDEN FALL SCHON EINMAL KOSTEN LASSEN… HM?
GRGLLL!
UNDINA… NEIN, NICHT SIE! NICHT UNDINA -SCHLUCHZ-
ICH MUSS SAGEN, MEINE LIEBE LADY, DEINE QUALEN TURNEN MICH ECHT AN. ICH GENIESS' DAS VOLL!
SELTSAM, VON DOKTOR PHOBOS IST SO ETWAS NICHT BEKANNT…
VIELLEICHT HAT ES MIT DER VERBINDUNG DES STOCKES MIT SEINEM TRÄGER, SEINER TRÄGERIN ZU TUN? UND ICH WAR VIELLEICHT SCHON IMMER TIEF DRINNEN EINE VERKAPPTE SADISTISCHE PSYCHOPATHIN?
WER HÄTTE DAS GEDACHT!
BRZZZZZ…

MIR KOMMT SO VOR, ALS HÄTTE JEMAND NACH MIR GERUFEN!
MICH HAT ZWAR NIEMAND GERUFEN, ABER WENN ICH SCHON MAL IN DER NÄHE BIN...
WAS? WER?
DONAUWEIBCHEN! UND WER IST...
VORSTELLEN KÖNNEN WIR UNS SPÄTER!
DEIMONIA? PSYCHISCHE KRÄFTE? UND DIESER STOCK!
BEI DANUBIUS' KLARER QUELLE! DAS IST DER GEHSTOCK VON DOKTOR PHOBOS! WAS HAT SIE MIT ANNA...
NUN, ES WAR EINEN VERSUCH WERT, ABER WENN DU EHER AUF DIE HARTE TOUR STEHST...
SPLOSHHH!
VATER RHEIN...
MUSS DICH BESCHÜTZEN...
ANNA!
O NEIN, KANN NICHT MEHR, ZU SPÄT...
SKABOOM!

JETZT IST ERST MAL SCHLUSS MIT LUSTIG, MEINE SÜSSE!
GENAU. DIE ZEIT DES KAMPFES IST VORBEI. DU WILLST AUFGEBEN, DU WILLST DICH ERGEBEN, DU WILLST…
WAS? PSYCHOTRICKS? SIRENENGESANG? DA BIST DU ABER BEI MIR VÖLLIG FALSCH, GRÜNSCHOPF!
DEIMONIA HAT SELBST DIE MACHT ÜBER DIE PSYCHE ANDERER – UND IST IMMUN GEGEN SOLCHE SPIELCHEN!
OH! JETZT ERKENNE ICH DICH! DU BIST DOCH DIESE DEUTSCHE HELDIN? LORELEI?
DEINE SCHALL-KRÄFTE SOLLEN JA GANZ BEACHTLICH SEIN. DIESE SÄULE HIER DÜRFTE DICH KAUM AUFHALTEN…
ZOSCHHH!
… ABER MAL SEHEN WAS SIE GEGEN EINE LADY HEUMARKT AUS-RICHTEN!
UNDINA. MUSS DICH RETTEN.
UFFF!
KRAKKK!!!
BRZZZZ!
HAHAHA! WOLLEN WIR DIESEN MOMENT DES SCHOCKS DOCH GLEICH NUTZEN --
MEIN STOCK GIERT NACH EUREM GEIST!
ICH WERDE EUCH…
SWISHHH!
HE!

WAS DENN NUN WIEDER?
ICH GLAUBE, WIR HABEN UNERWARTETE HILFE BEKOMMEN, LORE.
AHH... MEI SCHÄDEL.
HALLO! BEDANKEN KÖNNT IHR EUCH SPÄTER.
VORERST WIRD LADY HEUMARKT GEBETEN, DIE LEITER HIER HINAUFZUKLETTERN.
UND NUR LADY HEUMARKT.
FRRRP!
VERDAMMT, WO IST DENN NUN DIESE LUMPENTUSSI HIN?!
HAT DIE SICH DOCH GLATT AUF DAS UNHÖFLICHSTE VERTSCHÜSST!
NICHT SO SCHLIMM, OHNE DEN SPAZIERSTOCK IST SIE HARMLOS. KRAFTLOS.
DIE KRIEGEN WIR SCHON NOCH.
IMMER NOCH LEICHT GROGGY... DIE WAR NICHT OHNE, DIE KLEINE IRRE.
UND JETZT AUCH NOCH EINE WACKELIGE STRICKLEITER. HALLELUJA.
WAS ZUM?!
HALLO TANTE ANNA! ODER WÄRE DIR LADY HEUMARKT LIEBER? EGAL, WILLKOMMEN JEDENFALLS...
... WILLKOMMEN BEI WZKD!
TIPP-TIPP!
ASH AUSTRIAN SUPERHEROES

Die LDH ist da!

Streng limitierte Variant Covers

Variant International #A: Mahmud Asrar

Variant Deutschland #B: Ralf König

Sei von Anfang an dabei und erlebe die Abenteuer der mächtigsten Superheldentruppe Deutschlands in ihrer ersten atemberaubenden Miniserie.

Neben den regulären Ausgaben sind auch (noch!) Hefte mit limitierten Variant-Covers in unsererm Online-Shop als Abo erhältlich.

ligadeutscherhelden.de/shop/

Schnell noch sichern – limitiert auf jeweils 200 Stück!

Die ersten beiden Covers featuren den Marvel-Zeichen-Star **Mahmud Asrar** und Deutschlands bekanntesten Comic-Zeichner **Ralf König**!

LDH LIGA DEUTSCHER HELDEN

Follow us on:

WIEDERGEBURT
OIDA!
WIEN, SIMMERING, 2012.
DU, TANTE ANNA...
DU, TANTE ANNA...
WAS... WAS PASSIERT HIER EIGENTLICH GERADE?*
* SIEHE BACKSTORY ASH#5 „SPLASH"

WOS DODA PASSIERT, KURTI-BUB?
I HOB KAN BLASSEN SCHIMMER.
ALSO. IST SIE WIRKLICH DAS DONAUWEIBCHEN? ICH DACHTE IMMER, SIE WÄRE 1994 BEI DEM GROSSEN KAMPF IN SOPRON GESTORBEN?
ES GIBT SOGAR EINE GEDENKPLAKETTE FÜR SIE IM HAUPTQUARTIER DER WIENER WÄCHTER!
ICH WEISS, KURT.
ICH WAR DABEI.
JA. SIE **WAR** TOT. DIESER COMINTERN-DRECKSKERL HAT SIE MITTEN IN DER VERWANDLUNG...
UND DEIN VATER. ALFRED. ALFRED HAT GESAGT, SIGGI, GRÜNER PANTHER, SOLL SIE NEHMEN UND...
UNDINA...
UNDIII...

UND... WIESO HAST DU SIE IN DIE... BADEWANNE GELEGT?
JA, SIE KAM AUS DEM WASSER, UND IHRE KRÄFTE HABEN DAMIT ZU TUN, ABER... WIESO NICHT... IN DEIN BETT?
WIESO ICH SIE...?
HAT DIR DAS DEIN VATER NIE ERZÄHLT?
ERZÄHLT? WAS DENN?
KURT... DES DONAUWEIBCHEN IS KA EPIGENETISCHE MUTATION ODER SONST IRGEND A MENSCH, DER WOS IRGENDWIE ZU KRÄFTEN GEKOMMEN IS!
SIE IS A NIXERL! A DONAUNIXE! A WASCHECHTES WASSERWES'N. WENN SIE VERLETZT WAR, ODER A NUR ERSCHÖPFT, HAT IHR NIX SO GUT 'TAN WIE A FRISCHES WASSER.
EINE...? EIN...?

ALSO, NATÜRLICH GAB ES IMMER GERÜCHTE. UND DIVERSE BERICHTE AUCH, UND...
UND EIGENTLICH WEISS ICH ZIEMLICH VIEL VON IHR... ICH HAB RECHT VIEL ÜBER SIE GESAMMELT, WEISST DU, UND...
ABER ICH HÄTTE NIE GEDACHT, DASS SIE WIRKLICH...
DASS ICH WAS, MEIN JUNGER RECKE?
UNDINA!
GAAA!
UNDINA...
IST SCHON GUT, IST SCHON GUT, ANNA... MIR GEHT ES SCHON VIEL BESSER. DANKE.

IHR HABT DA WAS AUSGE-SCHÜTTET.
OH. LAPSANG SOUCHONG. DU HAST GESCHMACK, KLEINER.
ES IST NOCH EINER DA. ICH KANN DIR AUCH EINEN NEUEN AUFBRÜHEN, GANZ WIE DU WILLST, UNDINA! ODER...
MÖCHTEST DU AUCH EINEN, UNDINA?
DANKE, ANNA. JA, GERNE, EINE TASSE.
ABER BITTE NENN' MICH NICHT SO.
ICH BIN NICHT UNDINA.

SUCHT

Hallo ASH Team. Vielen Dank für eure tollen Hefte. Ich bin regelrecht süchtig danach und habe die Ausgaben 1–7 bisher schon mehrmals gelesen, um ja kein Detail zu verpassen, und mit #8 wird das genau so sein.

Christian Huber (Facebook)

- Wir befriedigen deine Sucht gerne weiterhin – alle zwei Monate.

BURGENLAND

Habt ihr auch schon einen Helden aus dem Burgenland in petto? UHUDLER wär' doch ein netter Name (u.U. auch ein Gegenspieler)

Volker Schöbitz/@Dorian1210 (Twitter)

- 1. Ja und 2. hat unser Autor tatsächlich schon seit 2012 eine Figur namens „Der Uhudler" angedacht ...

MEHR

Band 7 von @austriansuperhs heute angekommen – wieder alle von #0–#7 auf einmal gelesen – ich liebe euch – ich brauche mehr!!
Fritz Weiland/@limerskin (Twitter)

MOSERN

Mir ist aufgefallen, dass ich euch schon viel zu lange nicht mehr gelobt habe, Schande, Schande. Bin gerade im Urlaub, und lese die ganze Reihe gemeinsam mit meiner Tochter, die das auch alles richtig toll findet. Da ich gelegentlich ein Vorzeigevater bin, lese ich natürlich schön mit verschiedenen Stimmen vor, um das allgemeine Amüsement zu steigern. Zum Glück müsst ihr nicht mitanhören, wie ich in meinem fürchterlichen Piefke-Speak die Lady Heumarkt ordentlich verhunze, und so gibt es überall nur Gewinner: Ich darf die sehr wunderbaren Comics noch mal lesen, meine Tochter darf meine Versuche des fortgeschrittenen Hansmoserns goutieren, und ihr müsst das nicht ertragen, bekommt aber Geld dank treu durchgezogenem Abonnement, Hurra für uns alle!

Benjamin Strack-Zimmermann (Facebook)

- Also eigentlich würden wir das schon gerne hören. Schick uns mal ein File oder stell ein Video auf YouTube!

VORLESUNG

Wenn die Vortragende in der Vorlesung so viel von @austriansuperhs schwärmt, sodass man sich alle Hefte kauft (Shoutout an Dr. Heidi Lexe).

Sabrina/@Awesome_Sabi (Twitter)

- Oh, das hört man gerne! Welche Vorlesung?

Neuere deutsche Literatur: Entwicklungslinien österreichischer Kinder- und Jugendliteratur; in einer Einheit über grafisches Erzählen.

- Awesome, Sabi! Und besten Gruß an die Frau Dr.!

VERMUMMUNG

sodala, vermummungsverbot ist bald live und das einzige, das mich daran interessiert: wird sich die maske vom captain austria entsprechend ändern? kommt in der nächsten ausgabe eine kollision diesbezüglich mit einem ordnungshüter? oder gibt es gar einen spezialerlass für maskierte helden vom nochbürgermeister?:)

Wolfgang Klenk (Facebook)

- Mal schauen, vielleicht hat ja Frau Chefinspektorin Marek etwas dazu zu sagen ...

SAMMELAUSGABE

Hallo! Werden die Hefte 5–8 als Sammelausgabe erscheinen?

Bliszkó Viktor (Twitter)

- Nein. Aber die Hefte 5–10! Und zwar noch im Dezember, wenn alles klappt.

LOB

Hallo liebes ASH Team, ich muss euch herzlich zu Heft 8 gratulieren. Denn ich denke, es ist eines der besten Hefte bisher. Danke an alle Mitwirkenden, ihr seid super und werdet von Heft zu Heft immer besser! Nur weiter so!

Dominik Schildorfer (Facebook)

TASCHE

Hatte das Vergnügen, bei Euch neulich in München auf dem Comicfest eine Tasche und ein T-Shirt zu erwerben.
Für meine Töchter. Soll euch schöne Grüße ausrichten: Ihr sollt unbedingt Fan-Artikel von Diana bringen! Ich bin der Meinung, dass das von den anderen auch nicht schaden würde (hey, ein T-Shirt von Lady Heumarkt?!).Aber von Diana bin ich auch ein großer Fan!

Theo Stern (Mail)

- Wir können leider nur in sehr beschränktem Ausmaß eigenes Merchandise herstellen, aber wir bringen immer wieder mal was Neues. Versprochen!"

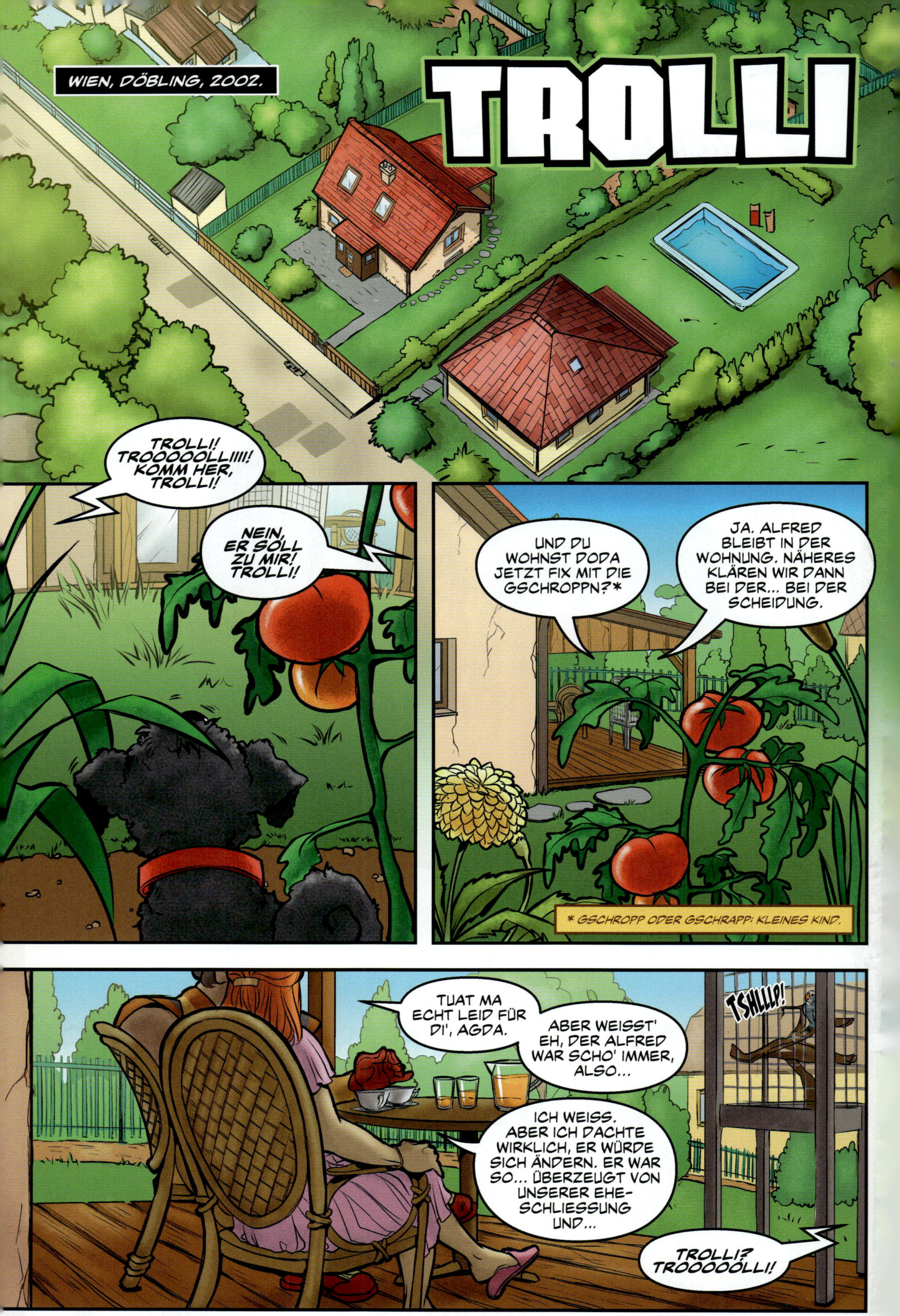
WIEN, DÖBLING, 2002.
TROLLI
TROLLI! TROOOOOLLIIII! KOMM HER, TROLLI!
NEIN, ER SOLL ZU MIR! TROLLI!
UND DU WOHNST DODA JETZT FIX MIT DIE GSCHROPPN?*
JA. ALFRED BLEIBT IN DER WOHNUNG. NÄHERES KLÄREN WIR DANN BEI DER... BEI DER SCHEIDUNG.
* GSCHROPP ODER GSCHRAPP: KLEINES KIND.
TUAT MA ECHT LEID FÜR DI', AGDA.
ABER WEISST' EH, DER ALFRED WAR SCHO' IMMER, ALSO...
TSHLLLP!
ICH WEISS. ABER ICH DACHTE WIRKLICH, ER WÜRDE SICH ÄNDERN. ER WAR SO... ÜBERZEUGT VON UNSERER EHE-SCHLIESSUNG UND...
TROLLI? TROOOOOLLI!

TROLLI! WO STECKST DU?
TROOOOOLLI!
JAUL! JAUL!
ICH GLAUB, ER IST DA IN DEN BÜSCHEN, KARIN!
JIIIIEEEEEP! JIEEEEPL!
TROLLI! STECKST DU FEST ODER WAS?
IEEEEK! JIP!
ARMER TROLLI!
WIR MÜSSEN MAMA HOLEN.
ODER TANTE ANNA. DIE IST EINE ECHTE SUPERHELDIN!
SEI LEISE, KARIN! ICH KENN' MICH VOLL AUS MIT SUPERHELDEN.
WAS DIE KÖNNEN, KANN ICH SCHON LANG!
UUUUND...
LASS DEN BLÖDSINN, KURT!.
DAS SIND EISENSTANGEN, DAS SCHAFFST DU NIEMALS UND...
GESCHAFFT! DU BIST FREI, TROLLI!
KRIEEEK!
ABER...
RWAFF!
UNGHHH...
KOMM, TROLLI! WO IST DER BALL? HOL'S BALLI!
WUFF! WUFF!

WARTE, KURTI! ICH WILL TROLLI AUCH DEN BALL WERFEN!
HM.
FANG MICH TROLLI! FANG MICH DOCH!
KRIEEEK!
JA, „SUPER-TROLLI", FASS! DU GEHÖRST JETZT ZU DEN WIENER WÄCHTERN UND DAS IST EINE BÖSE SUPERSCHURKIN VOM KOMINTERN!
RWAFF WAU!
ASH
AUSTRIAN SUPERHEROES